護城河

一位老師與十八個年輕人的真誠對話

一部專為青年人寫作的詩集

胡燕青 著

護城河
The Moat

作者
胡燕青 Wu, Yin-ching

責任編輯
伍美詩

裝幀設計
小貓

出版／發行
基道出版社
香港沙田火炭坳背灣街26號富騰工業中心1011室
LOGOS PUBLISHERS
Unit 1011, Fo Tan Ind. Centre, 26 Au Pui Wan St., Fo Tan, Shatin, Hong Kong
電話 Tel：2687-0331　傳真 Fax：(852) 2687-0281
網址 Internet URL：http://www.logoslink.org.hk

澳洲總代理
基道書樓
LOGOS BOOK HOUSE
4 Tooranga Terrace, Beverly Hills, 2209, N.S.W., Australia
電話 Tel：(612) 9554-3631

1/00 初版
ISBN962-457-162-7
Cat. No. LP815

Printed in Hong Kong

護城河

——自序

這麼久了，我想問
護城河的水為甚麼還能流動？
繞著你堅硬的壁壁，一年一年
感覺雪降雪融的變幻

第一年，你的小窗輕輕開啟
方櫺上的霜粉就撒到我身上，我冷了
第二年，你的稿紙細細摺捏
綠格裏的墨印就漲滿我的眼睛，我哭了
第十四年，你的側影開始翦削城門的光線

臉上盡是沈思的餘燼，看來依舊猶豫
我卻因為看見你而深深震動，從有限的深處
湧起暖酒一樣無盡的燒灼，像喜悅，也像疼痛

高門透綻的時刻，久蟄的枯葉蝶
要從這早凋的河牀萌發多色的風翅
你說，那是我
我說，那是你，你才是
我的護城河

我在浸大教書十四年了。一直很想打開同學心頭的堅壘，把大家帶進創作郊原那美麗的風景中。

河的責任是保護城。但我保護的人，一直以來並沒有向我敞開他們的心。繞城流動，已經十四年了。人生不會有太多的十四年。今年忽然來了這許多喜歡寫作的孩子，讓我覺得城門漸漸向河開放了。

河要保護城，城要信任河。這樣的關係建立了，河水才能真正流動。就河來說，生命來自城的開啟；就城來說，開啟立足於對河的信賴。也許，當城與河的心情結合為風尚，他們的位置就要變更，角色就要互換。如果很久以後我還在寫作，那也是因為同學們在鼓勵我。

序詩

第一輯：情懷交道——和同學說心事

第二輯：創作波頻——與同學論寫作

第三輯：人間經緯——偕同學看社會

第四輯：信仰種子——跟同學談信仰

第一輯

情懷交道——和同學說心事

相思林

——從辦公室的窗口往外望。給詩會的同學。

風的水袖一揮
相思林流綠的浪濤
就一直湧入我透明的眼睛
夏天挾著早蕾殘碎的紫瓣
高速滑入秋日的冥色

我思量如何
濾去蟬網的張狂
揀起鳥鳴的幽細

相思林，不說話
只用大大小小的溏心黃
點染著深綠，密集成
動蕩中的一片青
○

初晴

——給感性豐富的皓明

水窪分布在平台上
天也一片一片地
分布在平台上
小鳥在天空裏洗澡

沈思

——給偉文

十一樓的欄杆掛著
你晾了半天的影子
而沈思總是濕的

微弱的流水

——給患先天性心臟病的嘉榆。我很想告訴他，溫柔的生命比一切強大的力量更動人。和嘉榆詩《微弱的心跳聲》。

「假如有鳥飛過
而你看光
閃亮
靜寂裏有一個位置
是屬於你的」

——康夫

我是河邊的蘆葦
用倒影，省思你在我深層
那不大感覺得到的搏動

從上游滑下，帶著雪的嬰孩
那難以察驗的温細呼吸
你向我說話

我迎風之處有附在葉刃的水光
折射生死的頑強
微弱是生

強者卻因無法閱讀微弱，正在死亡
沖毀一切以後，壯烈地，孤獨地
慢慢死著那強大的死亡

雪糕蛋糕

——給外表強硬、心裏溫柔的志弘

軟硬之間我感覺力量的反彈
抵抗刀口道韌又壓迫
你的心堅持冰箱的環境

接受了你我放棄了刀
打不開的圓究竟
包裹著怎樣的味覺幾何？

放著不理也許還須理會

軟層的包裹背向綿暖的室温
液化了的內質，尷尬地
用流動的姿態，緩緩開始
說無聲的話

地鐵裏的讀書人

——偉文自足的學術世界

逛進先秦的界域，你的勞累
暫且得到完美的闡釋，像孩子
在小小的水窪中設立一生的航道
然後才思索航行

有人走過，你的年輪以反光的優勢
說著太陽、月亮和星星的故事
又有人走過，你的故事重覆

但聽眾都趕時間，並且相信往下走
只會看見地鐵○

弟弟

——給三年級的志弘和二年級的樹堅

公園裏的小朋友
叫著鬧著，亂七八糟
圓心寧恬而美麗
嬰兒車的旁邊
年輕母親坐著看書

雲的影子掠過
堅持哭泣的小男孩
看著世界融化

漸漸往一邊流走
所有感覺也往
同一邊流走。弟弟
卻仍留在淚水的中央
用最微小的身體
最酣暢的睡眠
最細的鼾聲
佔據著媽媽。

拔齒

——給被智慧齒折磨得死去活來的素雯

嫉忌的洞口湧出悔恨的紅醋
遺憾的齒印沒入無憾的童年
未得的愛情從未得處得到
智慧的尋索在尋索中完成

灰色

——給慧慧

旋轉的宇宙中
星星的光點繞成冷感的鋒芒
生命的外質在磨損，轉筆刀
一點一滴，也在磨損

紅心是木棉墜下灑潑四月的鞋履
綠蕊是羊齒沈著咬齧秋日的乾泥
一切的明媚終必附上升沈的代價
灰色的智慧卻要支取齊物的光源

因此你明白黑夜，和夜裏的燈光
因此你懂得白天，和白天的簷蔭
破曉時總有你托起初溢的柔光
黃昏時也有你預張必臨的黑網

你愛，你原諒，你的心事綿長

沒有脣印的面頰

——給想念母親的曉眉

午後的村子是一潭靜靜的清水
微藍的陽光
游過三數金色的蜜蜂
孤獨的小孩蹲在泥路旁
看蟻羣由東向西流動
他的臉燙燙的，給印上了
對那片脣的嚮往

深夜的城市是一缸滾動的珍珠

最亮的一顆懸在眼角，叫月亮
小珠零碎，胡亂撒在霓虹的邊旁
長長的那串高速繞過吐露港
短短的那串呢，布枕上生滅不詳
小孩長大了，臉已經不燙
那片唇，他們說的那片唇，只是個神話嗎？

等待的面頰用等待說話
親吻的嘴唇用親吻聆聽

陽光哭的時候
布枕乾了

小孩臉上給吻過的地方
只留下被吻的欲望

小樹

——給非常認真的樹堅

小樹對天空說
你的藍，沈重嗎
這麼一大片啊

天空往後退開一點，退成了秋天
小樹就枯黃了。天空哭了
一整個冬天都垂著頭
愈垂愈低，淚水像粉末撒落
撒成了春天

已經不太小的樹
長出了細密的新葉
但他還是問：你低沈的灰霧
很重嗎，這麼的一大片

紅棉的顏色

——給穿紅衣的莉萍

已晤而未晤，同在卻分離
是季節的命令嗎
短袂的衣衫晾著紅棉的顏色
你的心情是竟是這樣的燦爛

只怕四月一到
一切便都凋零
在更旺盛的季節中
那人說：森林之火會一路地燒

不在你的時令
你的紅，不是那一種紅

未得之愛

——給心神恍惚的莉萍

心情的支點薄弱
謎語的霧意深濃

荷萍的分別在根的位置
符號的解讀即美的圓寂

化的觀察縱使完全又精準
人的心靈未必自覺其深情

樹上紅雲也許只夠燒一個三月
心中白紙或者仍可摺一雙小船

而幸福，為甚麼
總在一臂之外

紅色的火與變色的水

——給鴻雲，莉萍和志弘

自覺詩才飽滿
嫌天空太小
雲就鬆上了夕陽的紅
一點一點地把寂寞踐落
浮萍的小青葉上
紅色的壓力靜悄悄增加

水很清，那泓懂得從倒影
嚼食真相的水

用靜默托起
萍的青澀。「好好飄過
這場災劫吧。火要燒的
原不是你，只是你的意象」

萍留戀水的柔細
她仰頭看見火紅的斜陽
就哭了：我依水而生
不喜歡紅。她堅持自己的位置
水卻飄走了，從她腳下
仍用倒影綑綁著紅色

壓傷的浮萍
夾在中間
紅色游嵐漸漸融入黑暗的固態
水更沈寂，隨著天空的任性熄滅

你的行李

——給真正的英傑

印滿主人指模的輕重，沾了掌心小孔的溫汗
密碼鎖開過又閉合，亂象漸窄，復歸整全
你蹲下，檢視他守口的決心
他卻從鎖縫漏出微細的急喘
齜牙切齒如要敗露童稚的密碼

聽得見吧，主人？
柔美的弧角包孕折疊的尖邊
立體臉容用圓滑的外頰

敷衍你指節的紋道
曾經收拾整齊，衣物小飾各安其位
今又無故失序，彼此牽絆更難以自律
你的行李，正和一柄急劇內張的弓
安靜角力。他讓溫血的騰跳創造
虛構的空間，覥腆伺立你身旁
屬於你，也脫離了你

像只能在法老眼角生存的希伯來奴隸
一出生就得扛負整個民族的饑饉
小輪子躲在巨大的軀體下
把每一件內衣的孔洞
每一襲外袍的刺繡
日漸消瘦才顯出個人風格的牙膏筒
雞皮鶴髮仍用來洗臉的小毛巾
缺頁詩譯本上混亂的破折和的整全的句逗

還有捲成一團的棉線襪那瀕禿的趾頭
利刃未除的鬚刮子，遽爾割入
把這些，還有那些
壓出整整齊齊的一道年輪的曲轍
拖帶你，也拖累你
你的行李
死命咬住腕上隱搏的紅流

可以打開嗎，像小蚌那樣打開
剛濯出清晨的藍，信任長灘的大臂
太陽下，打開釋放壓疊的冤濕
相信尖喙的大鳥，也相信漁人，用微弱的生命？

印滿主人指模的輕重，沾了掌心小孔的溫汗
你的行李從你的水平線如鯨冒出
遽然吞噬了驚訝的你

HANDLE WITH CARE
FRAGILE

蝶舞

——給志弘

我懷疑蝴蝶是害羞的小騙子
一天到晚用翼尖的亂軌
攪動視覺的小漩渦
精細的色頻與幽迷的眼睛
永遠剛好錯過

他是那麼敏感，那麼薄弱
在眾風交匯的支點上偷偷喘息
他躲避注視，也不甘寂寞

激勵愛，也拒絕愛
享受距離的弛張
和關係的濃淡
他掩映展覽自己
灰調的多毛的童年
也表達繁富而翕動的青春
我說：小蝴蝶，去吧
回到你的孩童去
我寧願看見
小毛蟲裏高越的將來
也不想知道
你七彩翅下艱難的過去

被你感染，我的視野
已經開始不耐煩地跳躍了
你的光譜華美且靈動

溜過我也照耀我
我輕輕扶著一棵可靠的小樹
感覺樹根堅實的力量
然後安靜地看著你
揮舞世界
也被世界所揮動
用最易折的翅膀

紅棉十三題

——記九九年三月二十二日「校園新詩創作朗誦會」。同學們都很幫忙。無以為報，報之以詩。

一月

——給義無反顧的莉萍

冰風與冷霧衝擊坦蕩的瘦臂
張開，張開，再張開，向深沈的冬天

二月

——給神采飛揚的志弘

冠蓋的華頂千紅論高低
泥層的春濕一泉注萬樹

三月

——給一鳴驚人的偉洛

英雄之火只想燒破灰色的三月
透支一年的注視，隱逸而無悔

四月

——給默默堅持的素雯

「如果不是努力要落入你懷中，
我大概還沒明白土地的冷硬。」

五月

——給為論文徹夜不眠的皓明

焚燒的森林滅頂於綠浪的浮彩
只有你，大水之前已經壯烈地完成

六月

——給才情內蘊的偉文

萬綠叢中堅持那一樹季候的綠
故人相訪，卻認得出潛藏的紅

七月

——給信仰堅定的野明

雨林的巨傘要撐退臨照的大光
破頂而出，英雄的力度直扯向光源

八月

——給深情溫厚的樹堅

扎根於地，高者愈高深處愈深
抵抗風暴的抽拔，為樹而堅實

九月

——給正直清心的奕惇

時令的對照開出正負的視野
輻射的枝條相連肝膽的核心

奕惇說過，我們評論彼此的作品，任何時候都要肝膽相照。

十月

——給缺乏自信的家堅

藍天問綠樹還剩多少春陽綻開的紅包
綠樹問藍天秋澄去後多久驚蟄才再來

十一月

——給久未創作的永平

三月的夢，連結著下一個三月的夢
中間那吊牀如河谷，竟躺著清醒的秋

十二月

——給熱愛生命的嘉榆

葉落枝涼，冬至日短仍努力成長
要用賺來的歲月，一直向春分拉長

「落葉知涼，珍惜日短仍探求成長
沒有虧蝕的年日，早延至地久天長」

（這是嘉榆的答詩。嘉榆是個愛寫作的港大學生。他有先天性心臟病，須長期服藥。）

再臨的一月

——給新入詩會的慧慧

再臨的一月向歷史的一月說
真的曾經這麼冷嗎？小樹茫然

母親的歌

——給志弘

你離開綠洲，刻意用距離拉薄
水的微聲。漸小了，你的童年
卻在更遠的地方，用水桌的虛通
把你的沙漠托住。生命的開始
是她昨天上坡的喜悅，你明日下坡的悲哀
她看著你的時候，一片迷濛，你的身影
已經滾上了金色的光邊。你看她，卻已看透
她的白髮染上了夜的紕漏。人都老了

竟還與青春糾纏嗎？因此你悲傷
而她喜樂。你歉疚，而她自由

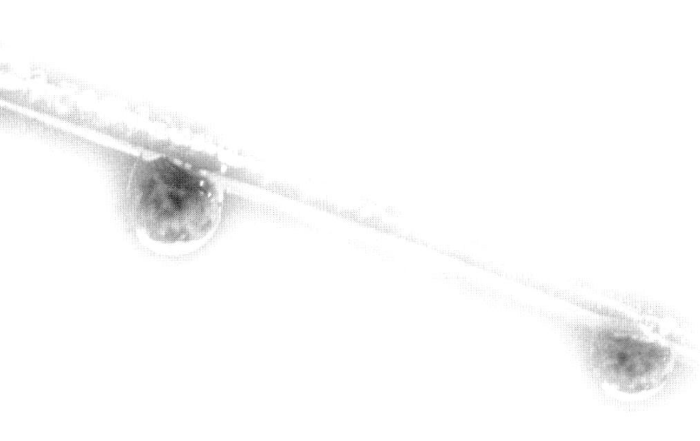

第二輯

創作波頻——與同學論寫作

詩人

我小時候雙腿很瘦，媽媽說
只有膝蓋長得大，臉白得像紙
愛哭，但哭得很清潔
永遠帶著小小的手帕
蹲在露台看街上的人

螢火與星星

——給素雯

螢火蟲飛過
在夜空那黑色的大紙上說話

她說：星星
謝謝你們跟我做朋友
你們像我卻比我更亮
我像你們卻喜歡飛翔

星星說：螢火蟲

謝謝你來跟我們做朋友
你以為我們是星
我們只是剛剛睡醒的小螢
你說我們亮，因為你長著
黑夜裏，閱讀我們的眼睛

打籃球的女孩

——給素雯

籃球隊的女孩對教練說
等我的球打得更好了，我就進場來
如今地太硬了，我摔得很痛

她黏在場邊的石階上
漸大的隊伍御風而過
球鞋著地的聲音真的有點
痛的感觸，攻擊著聽覺
嗜甜的壞習慣

一些手伸過來
一些手收回去
球的圓美，剛好落入
伸過來的那一雙 ○

在詩會中，素雯覺得自己的詩不及同學的好，有時會氣餒停寫。我告訴她，我們總不能「等到」詩寫得更好的時候才動筆。練習，是進步的惟一途徑。

咬著筆

——問創作不輟的莉萍

咬著筆，你的牙齒思考鬆緊的力度
放開始能言語，你知道。而言語
卻總是錯的。筆要出賣牙齒
尋求痕度的忠實，牙齒要
控告筆，追討下放的自由

而你，竟還要相信詩嗎？

懷裏書頁沈重

——給可洛

顫抖的是雙手
野火熊熊的自語
燒不去春風的堅持
又生的是
寫詩的葉慈

幻圖

——再給莉萍

沙上印，葉上露
你眼中一點點水的湧動
是的，我拿不出證據

但我不必說服你
我們曾在沈思的大漠
意外地遇上
你正是我花上半生
確認的清涼

一雙小湖撥開下垂的葉子
在我晝夜的交界線上
醞釀解渴的微彩

人說你是必逝的幻景
我說你是幻景又何妨
你幻圖的中心有我實在的形相
我真迹的上空有你神話的飛翔
沙上意，葉上光
○

擊卵歌

——給感到挫敗的莉萍

終日點算羽毛的長度
自憐的小雛鷹用腳走路
天空從四面八方，高速縮小
濃縮成堅硬的卵壁
回到起點零的體積
頸項的彎度委曲
睡眠的幅員廣大
惟一的出口
是游隼高越的夢

夢以裂縫的姿態
引誘著翅膀的每一個毛孔
曾一度試飛的小翼
開始感到謙卑的劇痛
不是曾經高揚初生的自信
如旗，尋遍風的故鄉
要求雨的洗禮嗎？
而風雨，久久在雲中自律成低壓
天空墜入黑色的沈默

雨點沈沈擊打
洗出萬物的真相
再映入眾生自審的眼睛
曾經包容如襁褓
那藍得像母親的圓弧
忽然變臉無情

內斂的省思用最殘酷的齒音說話：
你可以飛翔，因為翅膀討厭等待
敢於伸展才領悟成長
土地堅實，但指爪著地成根
比土地更冷的是根的無夢
如今要選擇虛幻的讚美如暖身的烈酒呢
還是穿越驚風與黑雷並且相信
濕重的雲上有青天的虛廣？

今天只有雨的鋒芒
簌簌說真話

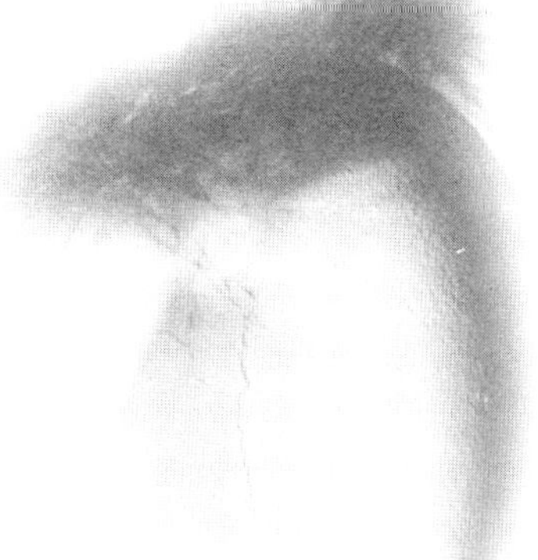

蟬色

以夏為鋪，枕席高橫
敷貼著午休的耳膜
醒睡之間久久不融散
那聽得見的一片青

蟬翼

不過一個薄弱的意象
無色無厚，切過視覺的盲幅
一扯就潰散，卻來自歌者
整個季節的高危的顫音

蟬歌

聽覺的山脊堅持
感情海拔的等高線
拿得準嗎，這蟬語
可有可無的內容？
夏天，不是必來的季節
是聆聽的生命

蟬

高昂的大鋸扯平了感官
斷裂的天地之間
是不整齊的詩的銀齒
鏗然咬住了耳朵

觀魚

當觀看和被觀看
互相錯失
如同兩個扁平的視野
那我們的愛
還能夠在甚麼地方
切入相遇？
尤其當觀看累積
深化成傷害
或等待，愛，可以還原成

一時的好奇嗎？
我在心中
為你劃出水氧的世界
你也在心中
為我建構
大氣的時空
我們已經相愛，還是不相愛？
游動，由你開始，由我結束
觀看，由愛開始，由厭倦結束

琬慧和曉眉是我們在網頁《詩的挪亞方舟》上認識的愛詩女孩，她們在英屬哥倫比亞大學讀書，分別主修微生物學及教育課程。如果她們沒有通過網頁，從旁觀者的身分漸漸變成詩會中的活潑成員，相信詩的生命沒有機會在她們心靈中發芽生長。

頒獎台

冠冕桂葉刺傷驚奇的面額
完整的臉渴待荊棘的尖牙

我們奔跑，風在我們的髮間高聲誦詩
我們站在頒獎台上，風即時倒地死亡

我們出現在彼此的相連的綠野上
以草葉的謙和，還是鐮刀的冰清？

古希臘的夏天緊接著雨季
榮名和疲累再度聯袂到訪

我們愛，我們仍愛
我們用堅持說愛

老師的歌

一行高雁掩飾我低迷的心情
三五少年誤闖我熱戀的疆域

我抬頭，發現他們只是路過的孩子
窗台上，露水漸漸沈厚

我想他們也有一扇窗
但從窗外路過的，大概不是我
是正在遠去地平線

第三輯

人間經緯——偕同學看社會

小小的腿

螞蟻用小小的腿
把我的原稿紙搔得好癢
要搬動甚麼嗎

我看見春天漸次碎成小顆粒
慢慢向秋天游動

我接過老人手上的商業單張

——給樹堅

走往地鐵的路上
一隻小鳥險些擦過我的臉
微小的翅膀細細掀動
眾樹綠風，讓我感到涼快
於是我接過老人手上的商業單張
想著，那是你年輕的葉子
要送我的，泛青的小詩

安老院的下午

安老院用整個下午
明礬鎮過的岑寂
等待一隻蜜蜂微弱的顫翅
空氣中有尿溺的氣味
白蘭花的香瓣
紅棕著臉
攀在牀沿。老人
午睡中離去

拖鞋覆轉如舟
捧接窗櫺割入的光幅
被移走的沒移動過
任何一雙
其他的眼睛
○

智慧之齒

——給上了大學才長智慧齒的素雯

成長的劇痛聚焦於一點
堅實的骨質要突破柔薄的肉身
你名喚智慧，卻處於無明
黑暗中等待成年的喜樂

暴光的一刻你已經知道
你呼吸著紅色的空間
狹小而潮濕的世界
你的兄弟早已佔領了童年

他們出生，爸爸感動得流淚
他們倒下死亡，母親激動地用小瓶子
逐一殮葬
惟獨你，孤獨地
要用自己的意志
推開少年邊界那習慣緊閉的石牀

光刀一眨
你醞釀經年的等待
完成也完結
你被拔出，無人能夠取代
留下小小的血窪
說最有智慧的話：
虛以納愛
堅頑的只有等待

早餐桌上看電視新聞

早上起來做早餐，在麪包上塗過牛油
就想吐了。一些人，一些無干的人
路過我的熒光幕，定睛看著我吃，看著這邊
貼近我餐桌的小窗框

（無干的人哪，你是否看見
那邊也有一個人，仍穿著睡衣
攝入鏡頭，尚未刷牙就一口咬下
從你空洞的眼睛裏奪來的麪團？）

盈虛之間你向我舒適的大廳
伸出五歲的小手
我一驚

洗手！我尖叫：這麼髒的手啊！
我把麪包扔向你，連同牙印

你那邊有白雪
飄飄而下，像許多
沒人咬過的方包

我只有二十歲

——給那夜遽逝的二十歲少年

我從自己的婚禮走出來
走進一個小孩閃亮的眼中
爸爸，他說
為甚麼不娶媽媽？

我才二十歲，我說
還得再等四年
你媽媽，世界上最美麗的女人
才會在我生命的路上

剛好走過。至於你
你今年多大？
四歲了嗎？
那你得再等幾年
因為我只有
二十

孩子說
我等
像奶奶
她已經等了十年
等你回去吃飯，上學
把害羞的媽媽帶回家
然後抱著我
到所有鄰居的院子
樹蔭下和別的老奶奶說話

我聽見就哭了
我說孩子
奶奶還好嗎？
我不認識你的媽媽
我只希望我能夠愛她
我太年輕，從未拉過女孩子的手
但我愛我自己的媽媽
像你，像所有的孩子
愛他們的媽媽

他擁抱我
我感到溫暖
我知道
在這逝去的國度
我遇見永遠
沒有機會存在的他

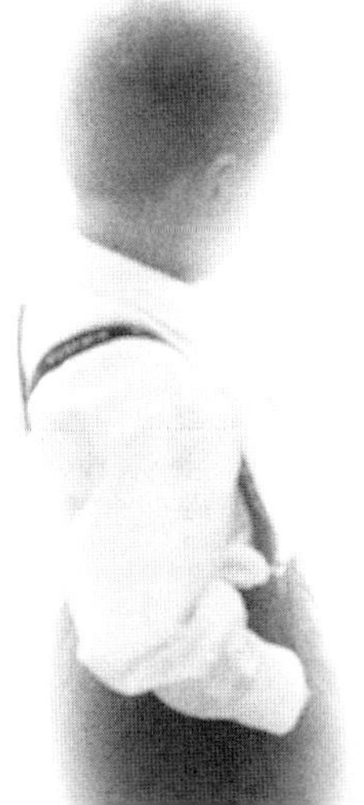

最低分的習作

電話響時正在批改那篇最低分的習作
我喂的一聲吃掉了對面的耳朵
電線傳來的卻是牙齒的研磨
我想起那個彩色網頁如何攝去
我整個夏天還說
冷。倫敦的國家美術館前面
鴿子起飛時，互相問：
印象派的半真和文藝復興的半假
哪種翅膀不屬於玩具？

不，我們不是在說
降落傘和螺旋槳
或後來的畫家

電話繼續向我噴氣，連打了兩個噴嚏之後
就掛了線。電腦瞪著我
繼續改卷子和喝茶
畫面的這邊
才是畫面？

隨著熒屏外的滑鼠，我方角的歲月
一閃。消失的一刻，我不再能夠說話
這話，我只好預先說了
○

我兒十六歲○

我兒十六歲，今天。一七○了
還想長高一點，只一點點
酷愛打鼓，整天用桌緣和筷子練習
把客廳變成非洲的草原舞會
我問他甚麼叫藍調，他說不出來
說這丁丁冬冬就是了
校服總覺太短，一離開近視的領袖生
襯衣就飛到褲頭外
白色出門，灰色回家

愛說妹妹太肥，直至她相信
借來一條紅色手繩故意讓我發現
不拍拖也找來一個最好看的
女孩子，高高興興
一同出入。老師告狀
英作剛好四百字，一個不多
上課老睡，要麼就亂說話
一天到晚讚教中文的Missie年輕好看
膠髮，除非遇上那訓導
挺著中年男人的肚子走過來
練跑要打頭
輸了也總有藉口
整天叫弟弟做博士
無非說他笨
自以為英明神武，超級高達迷
腳很臭，而且喜歡彈腳趾
（我們一看見就逃跑）

他的鬧鐘清晨總是不響
響的是課上的嘴巴
讀的永遠是金庸，卻聲言也喜歡余光中
菲傭放假幫忙洗衣服
忘了放洗衣粉
也沒按鈕
一小時後，說輪到妹妹晾衣
錯別字比志弘多得多
課內書卻比可洛讀得還少（厲害嗎？）
邏輯一流，但禮貌一點沒有
回嘴引人入勝，我們卻無法冷靜
許多人說他英俊（大家可怕的品味呀）
妹妹聽了，差點嘔吐變成腸胃炎
我稱讚樹堅，他疼妹妹
我欣賞野明，他愛家人
我羨慕奕惇，他信耶穌

我敬佩莉萍，她最孝順
我支持偉文，他做家務
我憐惜皓明，她很溫柔
我喜歡素雯，她極開朗
但我特別喜愛志弘，他像我兒
整天與我抬槓；我也格外溺寵小可洛
他任性，他懶惰，他愛睡
除了可愛，沒有甚麼特長
我家的大兒子也是一樣

一九九九年五月十六日

母親的手帕

本來要為你拭去汗滴
抹去來犯的污水
但你的肌膚
與我的指尖之間
總錯失一點點期待的方向
不過一臂之遙，卻永恆地撲空

纖維的錯織引導淚水輕輕游散
雨入鬆土，長出的是等待
等待得雨水滋養，愈長啊愈長

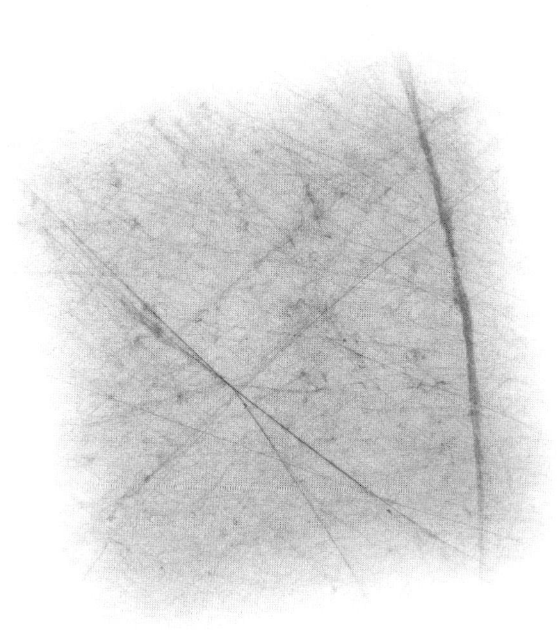

信

——給曉明

擦身而過那騎車的中年男人
一下一下，使勁踹著腳踏
上斜的勞苦扭動著他肩背的肌肉
扭毛巾一樣扭去了他的臉
你正在下滑
手不自覺地緊握一下
自行車在斜路上遽爾減速
你感到一股強大的力量把你和車子

一直往後面拉扯
路邊的野草和小白花
在逆向的時間裏臨風顫抖
男人退回原來的空間
他竟是那麼的年輕啊，穿著白衣
長髮飛弄著陽光，臉上掛著寬敞的笑容
金色的畫圖中央他的車輪轉動
每一圈都閃動著季節的柔光
你看得呆住了，下了車，站在路邊
手扶著車把，淚水在小小的眼眶裏湧動

每個人都有年輕的時候
那人說。我會紀念我們年輕時的相遇
你一剎那的愛，無論多麼短暫
只要落在
任何最小的弟兄身上

就是落在我的身上了
說完就上了車
繼續上行的路

你躍上自己的車子
回頭追趕
一陣風吹來幼兒園裏孩子的唱遊
樹上葉子雨般灑落，沙沙應和
前面的男子已經遠去
你看著他中年的背影
細聽孩子們稚音的歌：
「白白的信封長又長
郵差叔叔送信忙」
你笑了
手上的一片落葉
忽然寫滿了童詩，像一張
剛剛攤開的箋紙

第四輯

信仰種子——跟同學談信仰

軌

「請小心列車與月台間的空隙」
我問：為甚麼要設計陷阱？
「請小心車門」
我問：為甚麼要分裏面和外面？
「下一站是彩虹」
我抱怨：我寧願是樂富

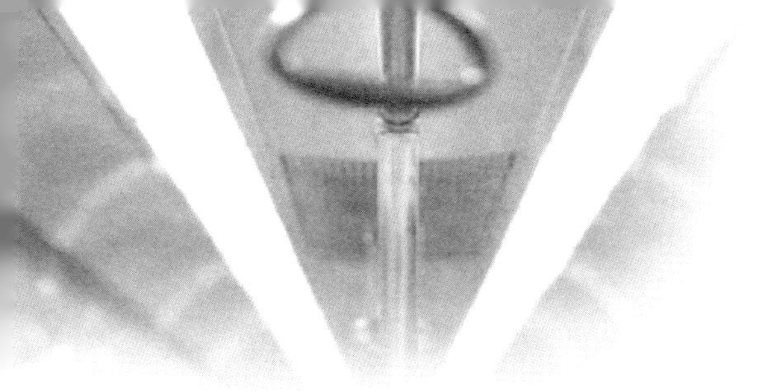

「下一站是終點站，請下車」

我怒吼：太短了罷，這程車！

「謝謝搭乘地鐵」

車上的人惟一的選擇：

下車

○

手〇

——讀約拿書，給偉文

你把手握緊，空間嫌太小
你把手打開，指節嫌太長
你把手放在背後，胸臆因坦朗而受敵
你把手交差疊起，一切即失諸交臂
你揮拳打人，指骨率先疼痛
你自搔其癢，愈搔愈癢愈難自拔
你拍掌人稱虛偽
你不拍人斥忌才
最後你合掌禱告

有人念阿彌陀佛

詩篇說生命淺窄，窄如手掌
你說手掌淺窄，窄若心胸
你翻開約拿的歷史
拯救，竟出自敵人的口
神說，你要憐憫
左右不辨者眾

你最好也看看自己的手

你看著自己的手
右手說，我是右
左手說，我也是右

信心之躍

跳起的時候相信你必會
用傷過的手
接住我，把我的下墜停止
即使我慌張的腳
正胡亂踩在
你新癒的傷口上

冷水瓶

窗台上，你的心
是一片澄淨的清水
但依然被指折射真相
說你把虛擬的詩
畜養在多弧的幻覺內

小孩伏在桌上
思考的眉睫悄悄生長
他把小臉湊近你

要探索你透明的存在
但一眨眼，就被光源
懾入了光的大境
但你擔憂：他們看見了
還是看不見？

天色柔亮，黎明在窗外逡巡
你短路了視線，還是釋出了
更澄澈的天象？
你裏面水光微顫，水說
我沒有顏色，也沒有形狀
但一旦經過你的眼睛
再因盈滿而淌溢
那我必帶著人間的味道
或鹹或澀，或扭曲或執迷
我不存心欺騙，但我必須被承載

孩子點著頭，淚水
在他眼裏集結，流成一句詩
他就明白了你。冷水濾過
景物動蕩，冷水也必因景物動蕩

於是他輕輕繞過你，仰頭推窗
虛空的杯子深深陷進
他合攏的掬掌
晨光緩緩注滿了他，也注滿了你

落葉

不過一片落葉罷了
切入歷史烈風一樣的肌理
飄飄如一張過了期的日曆紙
行人問
為甚麼駐足？
或者，為甚麼不駐足？
我路過，把你輕輕撿起
因為好奇，抬頭尋找
你原來的位置

那高樹之冠
你的王座鑲在巔峰之右
高越的三連枝上
如今怎麼竟張開成傷口？
葉縫騰出虛隙
大光湧至
澄烈的金箭插在我臉上
我的面貌，瞬間陰暗而凸顯
暗室的心激烈在騰跳
離開視覺游弋的天空
你徐徐落下，枯黃，柔和地觸摸我
但我面光而萎謝。而你呢？你聚焦而青蔥
落葉啊，你聚焦而青蔥
虛己以納，原來是你
把漸枯的我特意揀拾
風過處，歷史浮游而去

樹下，青草全向上生長

這首詩中的「落業」喻耶穌基督。有人為祂駐足，有人掠祂而去。我撿起這片落葉，抬頭看，就看見它原來的位置透下了大光。祂放棄高位，自限降世，不就是為了要我們看見光嗎？但光一照，我的本來面目就無所遁形了。可是主不嫌我醜惡，還是把我揀拾，像我撿起一片枯黃的落葉那樣。這時我就看見，原來樹下的青草，無一不是向光生長的。

暈哭泣的湖寬

——和曉明的禱告詩

暈哭泣的湖寬你溢出來，如水
補距離的虛谷你躺下來，如路
破罪惡的夜色你亮起來，如星
開感情的荒野你撒下來，如雨

問孤獨的深度你躲在一旁
探愛情的堅貞你轉身離去
試禱告的忠誠你堅拒答話
煉忍耐的極限你愈行愈遠

我的視野淺窄
我的抗拒巨大
我的夜空雲多
我的愛情荒廢

我一無是處，主啊
除了一直等你回來

極地邊緣

——給渴求大愛的慧琪

極地的天空一點一點地破開
是憂鬱少年牛仔褲上小小的補釘嗎
他笑著問，這些星星

孩子腳上生澀的冰刀
總要滑出長著尾巴的小圓球
接合不上的終始，他說，不過幾個可愛的逗號

他是從海路離開的。一步一步走在水面上

他草鞋的破口擦過小企鵝早拔的絨毛
好冷的水啊，發藍的飢鯨對準了你
一直延伸殺戮的情欲那尖長的茅

像一道恆溫的亮刃
他切入你地極白色的意志
又抽開，縫合
最後還用背影的印璽用力一戳

春天初描的綠眉
就讓他的眼睛給捎走了

你站在海邊呼叫他的名字
童音的小浪
打在冰山深沈的白壁上
一個小噴嚏那樣

破碎了。他已然走遠

你哭了，失足跌入海洋的大窺伺

浪鋒的承傳忽然變得諾言一樣地堅剛
滑冰的孩子大羣大羣掠過你孤獨的衣袖
喧嘩著向前面衝去，你呆呆站立

前面正洶湧而來，一大片溫帶草原

那邊的天空

——給神所愛的偉洛

那邊的天空飛過一個驚奇的天使
消失了的視野是神閉上的眼睛
朱紅色的熱漆封住互涉的歷史

天使哭時遇上了大水
印章蓋上，歷史滅亡
神也哭嗎？那邊的天空
用雨不當？

大雨過後
像一卷包布暖暖翹上
這最後合上的鴻濛
以成熟為衣，少年為裳
孩童的你，躺在最後的呵愛中
在你以後，那邊再沒有天空

漫畫家的夢

「智慧停在陰暗處」

——陳素雯

漫畫大師的書桌上
一格小圖跳出了他的創造
忽然變成一場激烈的球賽

大師很驚訝地站起來，趕緊逃離書桌
看，球員開始打架了！
一個籃球猛力飛來

打個正著
大師栽倒地上
落入球場的中央

他的耳朵第一時間強觸地面
真硬啊！他痛得昏了過去
朦朧間，有人用腳把他踢醒，哎呀

他張開眼睛
球場正高速擴大，邊線含糊
看台上坐滿了他手繪的角色，都在歡呼

而球呢，滾動著，像眼眶中初熟的淚水
他把它拾起來，才發覺自己原來從未學會打球
觀眾看見，開始激烈地喝倒彩

漫畫家雙手捧起了球，看看球架
真高啊！一整個藍天給擱到後面去了呢
他回頭看看自己創造的、觀眾席上的高手

就用盡全身力氣把球投了出去
然後羞愧地站著
等待辱罵的聲音

一陣風過
書桌的沙漠上
前面只剩下一個人
踩著將破的草鞋，踽踽前行
球落在沙上，瞬間已融入大地
他把漫畫家的足印撿起，一一放進口袋中
夢就醒了。畫畫的人在自己出生的小天地裏仰起頭

清楚看見祂拿著筆
向他微笑。

《詩的挪亞方舟》
——對話詩的由來

《詩的挪亞方舟》是一個網頁的名字，上面陳列了大約三十位香港作者的作品。這些年輕人大部分是浸會大學和香港大學的學生，其中包括劉偉成和梁志華兩位成名詩人，他倆也是浸大的畢業生。近年浸大在寫作方面頗有表現。就九八年而言，中文文學獎的四個獎項中，三個首獎由浸大同學或舊生奪得，梁志華以亞軍取得詩組最前的名次，同年也在青年文學獎中奪冠，叫浸大師生很受鼓勵。港大雖然沒有創作課程，但幾位年輕詩人例如李奕惇和林卓倫，天分和表現都很突出。

香港大學機械工程系的奕惇，雖然身為理科生，卻是基督教文字圈的生力軍。他編刊物、寫散文，比起其他詩會的同學，可謂早有文名。我們把他拉進詩會，他的詩也一鳴驚人。他更為大家編寫了《方舟》，讓我們在網上切磋，談笑，開詩討論會，甚至限時賽詩，讓大家在詩的氛圍中成長，於是得到「船長」的親切稱號。大半年來，我們在網頁上展出了一百多首作品。這些詩的水平比較參差，但高水平作品很多，這是我引以為榮的。我自己也受到孩子們的感染，創作量大大增加。這集子中寫給同學的詩，大都是從「方舟」的留言簿上擷下的，全是我和同學的家常話。

我問過奕惇《方舟》是甚麼意思。原來是《舊約》「餘民」之意，當然也可以把「方舟」解作「始祖的住處」。我和十幾位同學每天都在《方舟》上見面，師生之間了解日深，寫作上的感情支援也日漸穩厚。我在浸會大學（前些時的浸會學院）教書十四年整，未見過這樣濃厚的文風。我相信，在新的世紀中，當和我同輩的寫作人漸漸結出碩果，這一批二十出頭的青年詩人——因為愛詩，因為勤寫，因為能在相愛的互動中彼此建立，更因為許多都有深沈堅固的真實信仰——必定能夠成為下一個一百年裏中國詩壇上的巨大清流。

到今天，《方舟》上的小詩人詩齡最長的不過一歲多，大部分同學寫作新詩不滿一載。但是，他們的表現已經很出色。我希望他們一個接一個地出版自己的詩集，在文學史的彩虹上鬆上閃亮的一筆。在這裏，我衷心向奕惇和《方舟》上的每位詩友獻上我的感謝和祝福。

方舟年輕詩人的作品，和我這一年的創作是雙生的。這本書所有的詩，就是和大家對話的成果。如果這本詩集為我帶來人生的新階段，此中一切，請大家同來分享。

胡燕青

一九九九年十月十日

緊扣時代 服事教會

以文字傳揚基督真道

讀者意見表

衷心多謝你購買本社書籍。本社一直致力以出版事工服事教會，幫助信徒扎根於神的話語，促進靈命增長。為使我們的出版更能滿足你的需要，請填寫下列各項資料，並寄回或傳真予本社。

所購書籍：________________

本書最吸引你的地方：
□作者 □適切性 □文筆 □設計 □實用性
□其他：________________

購買本書地點：
□基道書樓 □基督教書店 □非基督教書店

性別：□男 □女 職業：________________

信仰：□基督徒 □非基督徒

年齡：□ 16 歲或以下 □ 17～25 歲 □ 26～35 歲
□ 36～55 歲 □ 56 歲或以上

學歷：□中三或以下 □中五 □預科
□大學 □研究院

□我欲更多了解基道出版社的事工及考慮支持，請寄給我下列資料：
□機構簡介 □新書資料 □「書中行」書會資料
□《基道文字事工通訊》

姓名：________________ 電話：________________

地址：________________

____

傳真：________________ 電子郵件：________________

其他意見：________________

____

多謝賜教！

意見表可以傳真（2687-0281）或直接郵寄以下地址：
香港沙田火炭坳背灣街26號富騰工業中心1011室
基道出版社編輯部收